ALBERT RENOUARD

DEUILS

> *Dominus Deus..... dimisit me*
> *in medio campi..... qui erat*
> *plenus ossibus.....* EZÉCHIEL.
> *Ancien Testament*

Avec une Eau-forte de Noël Masson.

PARIS

ALPHONSE LEMERRE, ÉDITEUR

27-31, PASSAGE CHOISEUL, 27-31

1880

DEUILS

ALBERT RENOUARD

DEUILS

Dominus Deus..... dimisit me
in medio campi..... qui erat
plenus ossibus..... **Ezéchiel.**
Ancien Testament.

Avec une Eau-forte de Noël Masson.

PARIS

ALPHONSE LEMERRE, ÉDITEUR

27-31, PASSAGE CHOISEUL, 27-31

1880

PATRIA

1*

AUX MORTS

O nos morts ! revivez en votre éternité !
Réunis tous ensemble en la grande unité,
Vous êtes la patrie !

Votre sang féconda ce sol conquis par vous ;
Pardonnez aux vaincus, ô morts, pardonnez-nous
Votre France amoindrie.

Pardonnez-nous, aïeux victorieux et forts,

Vos fils n'ont pas faibli ; des milliers étaient morts,

  La bataille finie.

De vos tombeaux étroits parlez à vos enfants ;

Aidez à relever, ancêtres triomphants,

  Notre gloire ternie.

Dites-nous vos combats ; dites-nous le passé,

Dites ce rêve enfin par votre âme embrassé ;

  Donnez-nous l'espérance ;

Et quand nous reviendrons vous offrir nos lauriers,

Nous pourrons vous crier : « O pères, ô guerriers !

  « Voici l'ancienne France ! »

MORT DE CHARLEMAGNE

(Janvier 814)

Es-tu bien là géant d'un monde créateur ?
Victor Hugo.
Herñani Act. IV, Scène II.

Quand sa main affaiblie eut accompli sa tâche,

Quand il eut travaillé sans trêve et sans relâche,

Quand son bras de fonder fut à la fin lassé,

Il regarda le monde à ses pieds entassé

Et baissa lentement sa figure pâlie.

De la froide Allemagne à la chaude Italie,

Et des bords de la Manche aux monts Pyrénéens,

La terre était à lui, les hommes étaient siens ;

Lorsque son œil brillait sous sa large prunelle,

Le Pape frémissait dans la Ville Éternelle,

Les prêtres à l'autel élevaient l'encensoir

Et les cierges brillants scintillaient dans le soir,

Tous les barons sortaient de leurs tours crénelées,

Les bannières au vent flottaient échevelées,

Les Maures n'osaient plus songer à Roncevaux,

Les Normands s'enfuyaient sur leurs légers vaisseaux.

Lui, sur son trône d'or assis, baissait la tête,

L'air distrait, écoutant monter les chants de fête ;

Le globe impérial que surmontait la croix

Et qui rendait songeurs les papes et les rois

Lui paraissait plus lourd, et sa fidèle épée,

Rouillée, à ses côtés gisait inoccupée.

La rouille, c'est le Deuil de l'épée, et l'on sent

Que l'Acier a besoin d'être imprégné de sang :

Il veut les grands combats où le glaive étincelle,

Le chevalier vaillant qui le brandit en selle,

Et s'élance en avant sur son fier destrier ;
Mais l'Œuvre était finie, et le grand ouvrier
Etait las ; rarement les Leudes de l'Empire,
Le voyaient, en parlant des temps passés, sourire.
Il levait lentement son haut front, radieux
Sous la couronne d'or qui brillait, vers les cieux.
Un jour pourtant ceux-ci, lui parurent plus sombres ;
De grands nuages noirs erraient comme des ombres (1)
Dans l'espace désert, et le pâle croissant
De la lune, montrait comme un reflet de sang ;
Les nuages cachaient dans leurs plis les étoiles,
L'azur semblait couvert par ces immenses voiles ;
Le jour disparaissait ; le soleil obscurci
Promenait dans les cieux son grand disque noirci ;
Le Rhin tumultueux, roulait dans le silence
Des nuits, ses flots rougis par le pont de Mayence

---

(1) Tout ce qui suit est rapporté par les chroniqueurs comme des présages ayant annoncé la mort de Charlemagne.

Qui brûlait, et les Francs pleins de cette terreur
Voyaient la mort debout derrière l'Empereur.
Alors Charles comprit que la fin était proche,
Et voulant devant Dieu paraître sans reproche,
Sentant venir la fin de son pouvoir mortel ;
Il abaissa son front royal devant l'Autel
Puis quand tout fut fini, quand il sentit la flamme
Terrestre lentement s'éteindre dans son âme,
Il s'écria : « Seigneur ! Seigneur ! Secourez-moi ! »
Et regarda venir son heure sans effroi.

D'Aix-la-Chapelle à Rome et du Rhin jusqu'à l'Ebre
L'Empire disparut sous un voile funèbre,
Et comme si cet homme avait su dans sa main,
Formidable et puissant, tenir le genre humain
Ébloui des éclats de sa large couronne,
Quand on ne le vit plus calme, assis sur son trône,

Jetant autour de lui dans le grand palais d'Aix
Son tranquille regard endormi dans la paix,
Comme un vieillard heureux et grand qui se repose,
On sentit qu'à la terre il manquait quelque chose.

LE VIEUX CHEVALIER

(825. Ludovico primo regnante).

Comment l'or s'est-il obscurci ?
JÉRÉMIE.
Ancien Testament.

O vieux temps disparus ! ô jours de mon enfance !
O jours entremêlés de gloire et de souffrance,
Où tout retentissait de l'hymne triomphal,
Où comme des éclairs Joyeuse et Durandal
Jetaient leur reflet pur dans les grandes mêlées,
Où Rome, découvrant ses splendeurs dévoilées,

Sentait enfin le temps d'épreuves terminé
Et consacrait César à ses pieds incliné ;
Où Sarrasins, Saxons, Lombards, Normands et Slaves,
Vaincus et dépouillés de Charle étaient esclaves ;
Où l'Empire tranquille avait refait les lois ;
O triomphes passés ! victoires d'autrefois !
Charlemagne ! ô mon roi ! toi qui dans les batailles
Faisais aux ennemis de si rudes entailles,
Toi qui tenais le monde en ta puissante main,
Toi qui ressuscitas un empire romain,
Vois au fond du tombeau ta conquête qu'on pille,
S'en aller par lambeaux, effrayante guenille
Que déchirent entre eux tes vaincus d'autrefois !
Toi, le grand empereur, vois grouiller tous ces rois,
Vois-les tous acharnés sur ton cadavre immense,
Et vois ton œuvre enfin dont la chûte commence.
Les vaincus d'autrefois sont vainqueurs ! Désespoir !
D'un matin si brillant verrais-je donc le soir ?
Aurais-je ici vécu de si longues années,
Pour voir tant de splendeurs si vite terminées ?

Descendrais-je au tombeau pour rejoindre mon roi
En sentant ses États crouler derrière moi ? —
—Ils dorment bienheureux, mes vieux compagnons d'armes,
Leurs yeux appesantis n'ont pas senti les larmes
Que répandent mes yeux ; ils sont ensevelis
Dans leur noble conquête, et couchés dans leurs lits
De marbre avec leur grande armure et leur épée.
Ils ne survivent pas à leur vaste épopée ;
Hélas ! ils n'ont pas vu leurs fils dégénérés
Laisser dans le fourreau leurs glaives empourprés,
Et leur âme là-haut loin des douleurs mortelles
Goûte avec l'Empereur les splendeurs éternelles.

LA REVUE NOCTURNE [1]

Traduction de la Ballade allemande de *Zedlitz*. [2]

> On eut dit la lithographie
> Où, dessinés dans un rayon,
> Les morts, que Raffet déifie,
> Passent, criant : Napoléon !
>
> **Th. Gautier.**
> *Émaux et Camées.*

Minuit tinte dans le silence ;

Battant bien fort le roulement

Un tambour décharné s'élance

De son sépulcre de ciment.

---

(1) *Gaulois, Patrie, Constitutionnel, Mémorial d'Amiens, Journal de Bordeaux, Suffrage universel des Charentes, Avey-ronnais,* etc., du 10 au 15 Janvier 1876.
(2) Poëte autrichien

Avec ses longues mains osseuses,
Il bat en courant le réveil ;
Des milliers d'ombres paresseuses
Semblent sortir d'un long sommeil.

L'un brise la couche de glace
Qui couvre au Nord son corps raidi ;
Un autre surgit de la place
Qu'il occupait depuis Lodi ;

Et les campagnes d'Italie,
Les plaines aux verts coudriers,
Les champs brûlants de l'Arabie
Vomissent des spectres guerriers.

Le trompette quitte sa bière,
Monte à cheval et va sonnant
La vieille fanfare guerrière
Qui fit trembler le continent.

Hussards, lanciers, dragons harcèlent
Leurs anciens coursiers balafrés ;
Aux hardis grenadiers se mêlent
Tous ces escadrons célèbres.

On entend les crânes blanchâtres
Frapper le casque étrangement ;
Les glaives sur les bras verdâtres
Sont appuyés superbement.

Le Chef aussi sort de sa tombe
Avec son vieil état-major,
Et cette vivante hécatombe
Le suit au loin dans son essor.

Il porte une petite épée
Qu'il laisse pendre à son côté,
Et sa redingote frippée,
Grise, tombe de vétusté.

Le petit chapeau sur la tête,

Le général marche à pas lents,

La lune sur la plaine arrête

Ses reflets pâles et tremblants.

Alors commence la revue :

Les bataillons serrent les rangs,

Et le Chef de sa longue-vue

Vient inspecter ses vétérans.

Présentant leurs armes rouillées,

Puis sur l'épaule les mettant,

Ces vieilles troupes réveillées

Défilent, le tambour battant.

Auprès de leur chef qui surveille,

Les officiers portent leurs pas,

Puis au plus voisin à l'oreille

Celui-ci dit un mot tout bas.

Ce mot va parcourir les ailes
De bataillon en bataillon :
« France ! » disent les sentinelles,
« Sainte-Hélène ! » leur répond-on.

Ce sont ses phalanges bronzées
A qui la nuit rend la vigueur,
Qui viennent aux Champs-Élysées
Saluer leur vieil Empereur.

(Décembre 1875).

LE GROGNARD

> Et l'Aigle de la Grande Armée
> Dans les cieux qu'emplit son essor ;
> Du fond d'une gloire enflammée
> Étend sur eux ses ailes d'or.
>
> *Émaux et Camées.*
> Th. GAUTIER.

Il n'en est plus beaucoup qui portent la croix sombre ;

La Grande Armée, hélas ! n'est bientôt plus qu'une ombre.

A peine quelques-uns nous restent aujourd'hui,

Et dans les nuits d'hiver parlent encore de LUI ;

3

Et nous, nous écoutons tout rêveurs, sans rien dire,

Ces humbles ouvriers des gloires de l'Empire,

Qui, fantômes vivants de temps déjà passés,

Paraissent de leur gloire être à la fin lassés,

Et, baissant tristement leur tête appesantie,

Sentent leur âme avec leur Empereur partie.

Comme les grenadiers du poëte allemand

Nos pères les ont vu revenir tristement

S'asseoir dans le fauteuil paternel auprès de l'âtre ;

Ils ont encor trouvé, là, gravés sur le plâtre,

Les noms doux et chéris qu'une inhabile main

Écrivait autrefois sur les murs du chemin.

Ceux qu'ils avaient aimé sont morts ; mais le village

Est toujours là debout caché dans le feuillage.

Les jeunes sont grandis et les vieux ne sont plus ;

Des hommes, des vieillards, ils ne sont plus connus :

Les amis sont là-bas dans le vieux Cimetière,

Leurs tombeaux sont cachés sous la mousse et le lierre,

Mais tout est encor là pour parler du vieux temps,
Les jeunes souvenirs sont restés palpitants :
Les amis sont ces murs dont le plâtre s'écaille,
Ces vieux toits où la mousse a recouvert la paille,
La mare à l'eau jaunâtre et ses saules pleureurs,
Qu'encombrent les outils boueux des laboureurs ;
La vieille église avec son grand portail gothique,
D'où s'échappe le soir un lent et saint cantique ;
L'éternel mendiant accroupi dans un coin,
Et le clocher pointu qu'on aperçoit de loin :
Tout parle du passé s'ils n'ont plus là personne,
Jusqu'à ce que pour eux l'heure suprême sonne.

Je revois quelquefois au coin d'un boulevard
Désert, un banc vert où s'asseyait un vieillard,
Devant qui les enfants en allant à l'école
S'arrêtaient tout rêveurs, sans dire une parole.
C'était un vieux grognard oublié dans ces lieux
Et que l'on saluait avec un soin pieux ;

Dans son regard brillait une flamme indécise ;

Sa joue était creusée, et sa moustache grise

Pendait, cachant sa bouche et couvrant son menton ;

Il marchait appuyé sur un grossier bâton.

Souvent il s'arrêtait, et la tête baissée

Paraissait absorbé dans sa triste pensée ;

Il semblait se complaire en ces mornes endroits ;

Sur son vieil habit vert qu'étoilait une croix,

Une manche flottait, et l'étoffe percée

Pouvait indiquer où la balle était passée.

Il était un de ceux qui jusqu'à Waterloo

Avaient servi l'Empire, et dont le vaste flot,

Suivant Napoléon, s'élança de la plage

De Boulogne, brisant l'Europe à son passage ;

Et maintenant, vieillard malade et harassé,

N'ayant plus d'avenir, il vivait du passé.

Qu'ils devaient être grands les rêves de cet homme

Qu'avaient vu tour à tour Moscou, Madrid et Rome,

Et quels pensers s'offraient à ses yeux éblouis !

Ney, Davoust et Murat, héros évanouis,

Fantômes glorieux, repeuplaient sa pensée.
Son oreille entendait la marche cadencée,
Qui réveillant soudain le soldat endormi,
Par ses sons répétés annonçait l'ennemi ;
Il revoyait le soir de la grande bataille,
Où, le trouvant blessé d'un éclat de mitraille
Son empereur suivi d'une escorte de rois,
Avait sur son habit placé sa propre croix.

O vous qui coudoyant le soldat de l'Empire
N'avez pu réprimer un dédaigneux sourire,
Des hommes de ce temps descendants énervés,
De ce qui bat dans l'homme êtes-vous donc privés ?
Avez-vous oublié tout ce qu'ont fait vos pères
Et pour les avilir gardez-vous vos colères ?
Mais qui donc rencontrant un de ces grands débris,
D'un orgueil de Français ne se sent pas épris ?
Leur gloire inaugura ce siècle qui succombe,
Ce siècle à son début si grand et qui retombe

De sa hauteur, ce siècle où l'on a tant osé

Qu'on fût par sa grandeur à la fin écrasé !

Devant ce vétéran, découvrez votre tête,

Pour le laisser passer que votre pas s'arrête,

Que votre doigt le montre orgueilleux à l'enfant,

Et songez, qu'aujourd'hui s'il chancelle en marchant,

C'est qu'il se soutient mal sur sa jambe meurtrie

Et qu'autrefois son corps était à la patrie.

O Barde ! fais pleurer ta lyre !

Déjà les clairons se sont tus,

Avec toi le vaincu soupire,

O Barde ! fais pleurer ta lyre !

Chante les guerriers abattus !

O Barde ! fais pleurer ta lyre !

Ne célèbre plus les amours ;

Qu'à tes chants le cœur se déchire,

O Barde ! fais pleurer ta lyre !

O Barde ! fais pleurer toujours !

1870

Au Comte J. de Belloy.

Ἀνάγκη.

Victor Hugo,
Notre-Dame de Paris.

Juillet soixante-dix ! comme un cheval ardent
S'arrête court, dressant l'oreille en entendant
Un bruit inusité, la France tout entière
Ecoutait frémissante : alors là-bas derrière
Le Rhin, une clameur terrible résonna :
Waterloo n'était plus assez pour Iéna,

La Prusse après Sleswig avait rêvé l'Espagne,

Guillaume, roi, voulait l'Empire d'Allemagne.

O Charlemagne ! il a volé sur ton tombeau

Ta couronne de fer, ce glorieux fardeau

Trop large pour son front et trop lourd pour sa tête,

Charlemagne ! un Saxon trône sur ta conquête.

Et dans Aix-la-Chapelle, en voilant notre deuil,

Le drapeau blanc et noir flotte sur ton cercueil.

Tu n'as pas tressailli, grande ombre, au bruit des armes,

Tes yeux comme autrefois ne versent plus de larmes,

Joyeuse n'est plus là pour frapper le Saxon,

Et toi, tu dors chez eux et tu n'es plus qu'un nom.

Mais la France attendait ; soudain, comme naguère

Sa voix vint retentir dans tous les cœurs : la guerre !

La guerre ! on entrevit au delà du vieux Rhin

Le chemin tout ouvert de Strasbourg à Berlin.

Pour suivre nos aïeux la route semblait prête

Et nous répétions tous ce beau chant du poëte :

« Nous l'avons eu déjà votre Rhin allemand. »

Quand tout se préparait pour un effondrement,

On chantait des refrains comme en quatre-vingt-douze ;

La génération du siècle était jalouse

De l'ancienne ; on voulait dans un nouvel essor,

Suivre son grand exemple et triompher encor.

Hélas ! hélas ! bientôt arriva le jour d'ombre ;

Nous avions oublié de calculer leur nombre ;

Nous étions trois cent mille ! eux plus d'un million !

Le Prussien amenait avec lui le Saxon ;

Brunswick et Wurtemberg, Hanovre et la Bavière,

Chiens suivant le chasseur étaient à la frontière ;

La frontière plia ! les peuples allemands

Se jetèrent sur nous avec des hurlements.

O Prusse ! ô peuple neuf ! sans aïeux, sans histoire,

Que le fouet à la main l'on mène à la victoire,

Elle doit t'étonner, et pour tous ces hauts faits,

Tes hommes, Empereur, n'étaient pas encore faits.

Triomphe maintenant, Attila sans génie,

Confonds dans ta couronne et Prusse et Germanie,

Ton jour de deuil viendra, tu tomberas aussi.

Si tout de ton vivant, Guillaume, a réussi,

Tremble pour tes enfants, roi de Prusse ! la haine

Est vivace chez nous pour la race germaine

Et les fils de nos fils seront tes ennemis.

Leurs glaives ne sont pas pour toujours endormis :

De la haine, tu sais, la vengeance est compagne;

Tu vainquis les aïeux, crains les fils, Allemagne.

Tu verras se dresser tes vaincus d'autrefois

Sur tes villes ! Français, Autrichiens et Danois,

Couvriront à leur tour tes terres envahies,

Tes troupes par leurs chefs seront un jour trahies ;

Le canon tonnera sur les murs de tes forts,

Tu feras pour lutter d'inutiles efforts ;

Tu verras succomber tes villes alarmées,

Et périr les débris de tes grandes armées ;

Le soc de la charrue en tes sillons sanglants
Fera sortir du sol le corps de tes enfants ;
Le poste sur le Rhin pour mot d'ordre aura : France,
L'Alsace entonnera le chant de délivrance,
Et l'Empire Allemand s'effondrant à son tour
Bornera sa frontière à l'ancien Brandebourg,

(DANTZICK, *Mai 1871.*)

GRAND'GARDE

A Henri Moulton.

La forêt est sombre ;
Le guerrier penché
Va guetter dans l'ombre
L'ennemi caché
Dans la forêt sombre.

On entend un bruit
Dans les feuilles mortes :
Qui va dans la nuit ?
Sont-ce leurs cohortes ?
On entend un bruit.

Mais le guerrier veille
Dans les noirs buissons,
Il prête l'oreille ;
Dormez, compagnons,
Car le guerrier veille.

Il veille sur toi,
O sainte patrie !
Son cœur a la foi,
Et l'âme attendrie,
Il veille sur toi.

Triste et taciturne,
Volant dans la nuit,
Seul, l'oiseau nocturne
Dont l'œil d'or réluit
Erre taciturne.

Au milieu des bois,
Et dans la bruyère,
On entend des voix,
Sortant de la terre
Au milieu des bois.

C'est l'heure terrible,
Où tremblent les forts ;
Où la tombe horrible
Va vomir les morts !
C'est l'heure terrible !

4'

L'heure du sabbat
Qui bientôt commence
Et grouille et s'ébat
Dans l'affreux silence !
C'est le noir sabbat !

Trotte en la poussière,
Qui s'envole au loin ;
Va, trotte, sorcière,
Corbeau sur le poing,
Trotte en la poussière.

Ricane au sabbat,
Demain sera fête ;
C'est jour de combat,
Déjà l'on s'apprête,
Ricane au sabbat.

Och ! hâte ta course !
Le sang coulera
Rouge dans la source
Et l'abreuvera.
Och ! hâte ta course !

Bois ce jeune sang,
Bois à coupes pleines,
Breuvage puissant,
Il chauffe les veines,
Bois ce jeune sang ;

Et la nuit prochaine,
Sur les boucs joyeux,
A l'ombre d'un chêne,
Tu trotteras mieux,
Va, la nuit prochaine.

Sur ton long balai,
Visite la plaine,
Vieille au front pelé,
Cours à perdre haleine
Sur ton long balai.

Vieille, sois joyeuse,
Attends à demain ;
Dans la nuit brumeuse
Poursuis ton chemin,
Vieille, sois joyeuse.

Mais l'heure a sonné
Et dans la poussière,
Tout est retourné,
Sabbat et sorcière,
Car l'heure a sonné,

Dans le bois plus sombre

Le jeune soldat

Seul, veille dans l'ombre

Et songe au Sabbat

Dans le bois plus sombre.

Devant FORBACH, 5 *Août* 1870.

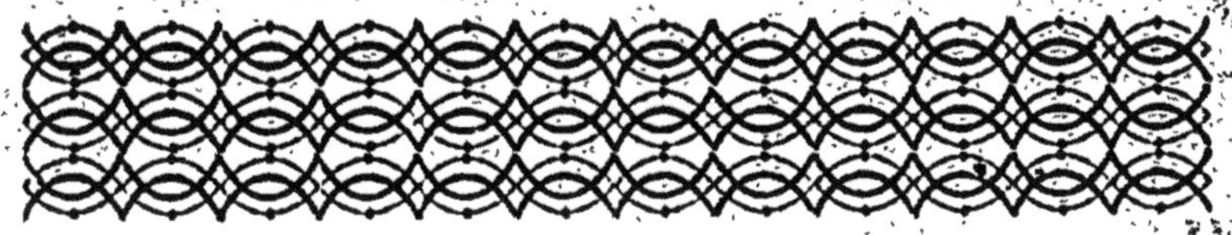

AUX DRAPEAUX

DE

L'ARMÉE DU RHIN

FRAGMENT

. . . .

Le marteau sur le timbre a soudain rebondi ;
La vieille cathédrale a résonné : midi !
De nos forts une lueur dans le ciel noir s'élance ;
Le canon a grondé : Metz n'est plus à la France !

Les pesants Allemands joyeux d'être geôliers,

Après avoir longtemps compté leurs prisonniers,

Se murmurent entre eux « Ils étaient cent vingt mille !

Et le drapeau prussien flotte au loin sur la ville !

Mais nos drapeaux à nous ? ils sont à l'arsenal !

Un officier prussien est là, grave, banal,

Pour voir s'ils y sont tous ! sa main large avec joie,

Comme on fait d'une loque en a froissé la soie,

Et dans un noir fourgon les a tous entassés,

Après avoir écrit : *Berlin*. — *Drapeaux français*.

Soldats ! que n'avez-vous sur des bûchers antiques,

Brûlé des régiments ces splendides reliques,

Ou, de leur drap sacré, partageant les morceaux,

Conservé sur vos cœurs ces sublimes lambeaux !

. . . .

Metz, 29 Octobre 1870.

RETRAITE

Hélas ! le temps n'est plus où nos vieux bataillons
Combattaient l'ennemi dans ses propres sillons.
Waterloo.
BARTHÉLÉMY ET MÉRY.

Il pleut ; depuis l'aurore, on marche sur la route,
Tout droit sans savoir où ; l'armée est en déroute,
Officiers et soldats, mêlés et confondus,
Forment un régiment des régiments perdus,

Et, sinistres flambeaux de ces débris funèbres,

Des villages entiers brûlent dans les ténèbres.

On marche, on marche encore ; on cherche dans la nuit

Un rempart pour lutter, rien ! la plaine ! et l'on fuit !

Où ? qu'importe. Ils sont là, derrière, douze mille,

Les suivant lentement avec leur pas tranquille :

Sentinelles de mort, au bord des longs fossés,

Des corps froids et roidis, dans la boue entassés,

Sont là pour indiquer que tout droit est la route.

Quelquefois anxieux on s'arrête, on écoute :

Un seul bruit vague au loin : un fourmillement noir

Semble gronder là-bas : ce sont eux dans le soir.

Dragons et cuirassiers, démontés et timides,

Semblent ensevelis dans leurs manteaux humides ;

Les tristes fantassins, privés de leur bivac,

Comme un fardeau trop lourd jettent au loin leur sac.

Les zouaves se sont tus ; les gais refrains d'Afrique

Expirent sur leur bouche, et le turco stoïque,

Baissant son noir visage où brille un œil de feu,

Se couvre en frissonnant de son court manteau bleu,

Parfois l'un d'eux s'asseoit sur un des tas de pierres
Qui bordent le chemin et ferme ses paupières ;
« Courage, allons, voyons ! » dit en l'encourageant,
D'une voix attendrie et douce un vieux sergent.
Hélas ! il est trop tard ! la fatigue est trop forte !
Le courage est vaincu, c'est la mort qui l'emporte !

Débris des régiments par la mort décimés,
Dans leur long étui noir les drapeaux renfermés,
Semblent porter aussi le deuil de la défaite,
Et lambeaux toujours saints protègent la retraite.
Le corbeau s'arrêtant dans son vol alourdi,
Contemple tous ces morts, et, carnassier hardi,
Planant dans le ciel noir et regardant sa proie,
Jette dans l'air de longs croassements de joie.

La défaite sinistre avait courbé leurs fronts,
Tout comme eux était morne et triste aux environs,

Dans les rangs moins nombreux la place était plus large ;

Malades et blessés devenaient une charge :

On laissait les mourants couchés avec les morts,

Et l'on allait plus loin sans regrets, sans remords.

C'était la fin ; c'était la marche sans relâche ;

La retraite ; c'était la fuite pour le lâche,

La fuite pour le brave, et l'on marchait toujours,

Sans vivres, sans repos, sans espoir, sans secours.

Quelquefois on voyait poindre une ligne noire,

Alors chaque soldat retrouvait la mémoire,

Et l'on voyait briller les regards des anciens ;

Les conscrits réveillés s'écriaient : « Les Prussiens ! »

Et tous, jeunes et vieux revenant à la vie,

Sentaient monter au cœur leur rage inassouvie.

Le conscrit contre lui serrait avec amour

Son fusil qui déjà lui paraissait moins lourd.

Tout était oublié : tortures et souffrance ;

On entendait au loin crier : Vive la France !

Et les fiers régiments sur qui le vent de mort

Soufflait, debout tentaient encore un grand effort :

L'artilleur meurtrissait son bras faible à la roue
D'un canon enfoui dans la neige et la boue,
Le cavalier blêmi devenait fantassin,
Le clairon résonnait comme un dernier tocsin,
Les yeux caves des morts se tournaient vers la France
Semblant par leurs regards lui demander vengeance,
Et les Allemands qui disaient : « Ils ont vécu ! »
En le voyant debout avaient peur du vaincu.

LA CHARGE

FRAGMENT

A Fernand Nussard.

> Singulière défaite où... la
> gloire du vaincu n'a point
> souffert.
>
> *Mémorial de Sté-Hélène*

. . . .

Les Français secouant leurs membres endormis
Par un dernier effort font face aux ennemis.
Dans les rangs plus serrés, la fusillade éclate ;
La poudre les enivre et leur cœur se dilate,

La fumée enveloppe au loin les régiments,

D'où partent des éclairs et des crépitements.

Puis soudain tout se tait ; effroyable silence !

Un nuage dans l'air obscurci se balance,

Et le canon mêlant sa formidable voix

Fait éclater partout ses meurtriers envois.

La route en un instant de mourants est pavée,

Mais on se bat toujours, et la mort est bravée,

Les obus en sifflant fendent l'air qui se plaint ;

Le soldat que la balle ou la mitraille atteint,

Pour charger son fusil oubliant sa souffrance,

Tombe, et meurt en criant encor : « Vive la France ! »

Mais la mort vient, hélas ! trop éclaircir les rangs,

Et nos feux à la fin se taisent expirants.

Les mains cherchent en vain dans les gibernes vides

De quoi charger encor les chassepots avides :

Rien ! plus rien ! l'ennemi caché par ses abris

Redouble sans danger ses feux sur ces débris

D'où la mort ne part plus ; le désespoir circule

Dans les rangs décimés ; vaincus, et l'on recule !

Non ! une voix sonore et mâle retentit,
En avant ! le soldat joyeux assujettit
Au canon du fusil, le sabre-baïonnette,
Et sur l'ami tombé qu'il laisse expirant, jette
Un long regard d'adieu ! c'est la charge ! en avant !
On part, on marche, on court ! Flot terrible et mouvant,
Dont l'élan furieux roule, renverse et tue,
Semant partout ses morts, mais jamais abattue,
La colonne française arrive aux ennemis.
Par la voix de leurs chefs, les Prussiens raffermis
En poussant des *hurrah* ! sortent de la tranchée ;
La terre en un clin d'œil de leurs morts est jonchée.
Tous les feux ont cessé ; l'acier étincelant
Disparait dans les corps et reparait sanglant.
Ils sont douze contre un ; mais on se multiplie,
On frappe, on frappe encor, toujours, et l'on oublie
Que d'autres sont plus loin cachés là-bas sous bois
Qui viendront soutenir l'avant-garde aux abois.
Du sang ! il faut du sang ! il faut une hécatombe
D'Allemands à ceux qui sommeillent dans leur tombe,

Ils ont bien soif là-bas, le sang des ennemis
Rafraîchira leurs corps pour toujours endormis.
Frappez soldats, frappez !... mais la meute est nombreuse
Et le Français en vain dans la masse se creuse
Un passage sanglant ; les flots de cette mer
Élèvent contre lui leurs murailles de fer ;
Alors l'un d'eux, portant à sa bouche sanglante
Son clairon, debout, sonne une marche entraînante,
Et ces débris mourants réunis en carré,
Offrent à l'ennemi leur front désespéré.

. . . .

O vous, vieux vétérans, grenadiers de Cambronne,
Héros ensevelis que la gloire couronne,
Et vous, fiers cavaliers, cuirassiers de Milhau
Qui combattiez là-bas aux champs de Waterloo,
Vous, sublimes vaincus, que grandit la défaite,
Légendaires soldats, que chante le poëte,

Du fond de vos tombeaux sortez vos corps meurtris,

Regardez ces héros, regardez ces conscrits,

Le même sang français coule encor dans leurs veines,

Et si leurs forces sont moins grandes que leurs haines,

Si la frontière n'a pu devant eux s'ouvrir,

S'ils ne sont pas vainqueurs, tous ils ont su mourir.

LE RETOUR DU PRISONNIER

La paix ! la France sort sanglante de l'arène,
Y laissant pour débris l'Alsace et la Lorraine ;
Le Prussien enivré se gorge avec notre or
Et sous son lourd talon, meurtris nous tient encor.

6

C'est la paix ! et ceux qui dans les forts d'Allemagne,

Attendent exilés la fin de la campagne

Pour revoir la patrie, et ceux qui, dans les pleurs,

Demandent chaque jour s'ils reverront les leurs,

Tressaillent, c'est la paix ! la blessure

Saigne encor, et la honte imprime sa morsure

Sur le front des vaincus, mais il reste l'espoir !

On espère, et l'on dit aux vainqueurs : Au revoir !

Le chemin disparaît sous la jeune verdure,

Et forme en y fuyant, comme une voûte obscure ;

Les nuages blanchis se dorent lentement ;

On entend dans le bois le doux gazouillement

Des oiseaux saluant l'aurore matinale ;

Des buissons tout en fleurs un doux parfum s'exhale ;

Gigantesque rideau que nous laisse la nuit,

Le brouillard se dissipe et le nouveau jour luit.

Un long murmure sort de la terre éveillée ;

C'est un matin de juin, la route ensoleillée

S'allonge entre les champs où montent les épis,

Et dans les prés voisins les troupeaux assoupis

Se lèvent lourdement et vont à la pâture,

Les bœufs passant la tête à travers la clôture

Fixent chaque passant avec leurs grands yeux ronds :

Une sourde rumeur s'élève aux environs.

Sur le chemin poudreux un vieux zouave chemine ;

Il s'arrête souvent, et son œil examine

Au loin les alentours d'un regard anxieux,

Cherchant à voir si rien n'est changé sous les cieux.

La sueur abondante inonde son visage,

Ah ! la Prusse était loin ! c'était un dur voyage !

Sa veste de soldat tombe presque en lambeaux,

Mais ces haillons où brille une croix semblent beaux ;

Sur son haut front rasé que couvre un fez d'Afrique

On peut du sabre voir la cicatrice oblique.

Il avait bien souffert : l'exil est lourd là-bas !

Il avait cru longtemps qu'il n'en reviendrait pas.

Oui, mieux vaut le combat ; mieux vaut, dans la bataille,
Disparaître emporté, brisé par la mitraille ;
Mieux vaut encor souffrir du froid et de la faim,
Coucher tout transi dans la boue : ah ! tout enfin.....
Mais être là captif ! captif ! être l'esclave
Qui voit à tout moment l'ennemi qui le brave,
Travailler à ses forts, gardé par ses soldats,
Courber pour lui son front et lui donner son bras,
L'entendre chaque jour raconter ses victoires,
Être là, le témoin tranquille de ses gloires,
Sentir son cœur français mordu par le remords ;
Car on se bat sans vous ! mieux vaudrait mille morts.

Le zouave regardait avec des yeux humides
Ces forêts et ces champs et ces ruisseaux limpides,
Et songeait tristement aux vieux bois éclaircis,
Aux villages entiers dressant leurs toits noircis,
Aux vieillards frémissants, aux femmes tout en larmes,
Aux enfants éplorés, tremblant au bruit des armes,

Aux chétifs mobiliers pêle-mêle entassés,
Aux amis expirants, laissés dans les fossés.
O sombres souvenirs !... Mais il voyait la France,
Tout était oublié : captivité, souffrance,
Et regardant au loin, ciel, champs, villages, bois,
Il murmura, comme ivre : « Ah ! c'est vous ! Je vous vois ! »

AUX ALLIÉS

DE

1815 et de 1870

Nos traités de vainqueurs sentaient encor la gloire.
Paul DÉROULÈDE
Nouveaux Chants du Soldat

Comme les pâles oripeaux

Que l'on accroche dans les foires,

On voit se mêler vos drapeaux

Le lendemain de vos victoires.

Dans la joie et dans les douleurs,
Nos vieux étendards tricolores
Seuls resplendissaient à ces lueurs
Rouges des sanglantes aurores.

Et nos aigles aux ailes d'or
Seuls, surgissant dans la bataille,
Sur nos drapeaux restaient encor
Presque brisés par la mitraille.

O peuples unis contre nous,
Ne racontez pas notre histoire !
Combien pour nous vaincre étiez-vous,
Dites, le jour de la victoire ?

Ah ! vous le répétez souvent
Dans de joyeux anniversaires ;
Vous le répétez à l'enfant,
O nos courageux adversaires !

Mais nous, nous ne lui dirons pas
Nos triomphes, mais nos défaites,
Et triste, il pleurera tout bas
Quand vous chanterez dans vos fêtes !

N'écoute pas bondir son cœur !
En attendant que le jour vienne,
Ne chante pas trop, ô vainqueur,
De peur que trop il se souvienne !

DANS LE CIMETIÈRE DE C...

Cendres ! je suis la veille de ce que vous êtes

Axel.

Villiers de l'Isle-Adam,

C'était un soir d'automne ; un vent froid et brumeux

Soulevait sur la mer des flots plus écumeux ;

On voyait le soleil s'abîmer dans les ondes

Et comme un grand brasier rougit les eaux profondes.

Le ciel était en feu ; l'âpre bise soufflait

Sur la mer agitée où la vague s'enflait.

Dans les sables au loin, rugissante et cuivrée
Avec le vent du soir s'avançait la marée,
Et les lourds goëlands et des milliers d'oiseaux
Dans les cieux assombris venaient avec les eaux,

Sur la haute falaise, immobile barrière
Où la vague se brise, un petit cimetière
Étage ses tombeaux ; un sentier rocailleux
Mène les habitants où dorment leurs aïeux.
Quelques pins rabougris, mourants et solitaires,
Des tombes de galets ombragent les calvaires.
Pas un seul monument, mais le sol exhaussé
Indique à la famille où son mort est placé.
Là, dorment inconnus les corps que sur la plage,
Le pêcheur le matin trouve après un naufrage ;
Pas de nom sur leur tombe et ces morts exilés
Loin du pays natal reposent isolés.

Les grands oiseaux de mer que la marée amène
S'abattent sur ces lieux comme sur leur domaine :
Un grand Christ de fer, dont la plaque I. N. R. I.
Grince au souffle du vent autour d'un clou flétri
Élève ses grands bras au-dessus de la porte,
Et bénit en passant chaque mort qu'on apporte,
Tandis que dans l'église un mystique sanglot
S'exale du vieil orgue et meurt avec le flot.

C'était le jour des Morts, le jour où la demeure
Est plus triste et rappelle à l'âme ceux qu'on pleure,
Le jour où plus terrible apparaît le néant,
Où la mort plus longtemps fait songer le vivant ;
Le jour où près de vous dans la salle plus sombre,
Vous croyez voir surgir à chaque instant quelque ombre.
J'errais près de l'église au milieu des tombeaux ;
A travers les vitraux brillaient les saints flambeaux,

L'orgue pleurait ; les voix tristes chantaient les Psaumes,

Et graves s'élevaient tout le long des vieux dômes ;

Au loin la mer grondait, et, calme quelquefois,

Paraissait écouter qu'elles étaient ces voix,

Et la vague à la rive arrivait fascinée.

Moi, je songeais aux morts de la terrible année,

Qui ceux là sommeillaient dans des champs inconnus,

Au hasard, sans cercueil, sans linceul, demi-nus,

Qui ne verront jamais sur leur tombe déserte

Se faner quelque fleur par un des leurs offerte,

Et dont les os un jour, dédaignés et souillés,

A travers les chemins seront éparpillés.

Puis soudain, j'entendis comme des voix plaintives

S'écrier dans la nuit, timides et craintives,

Comme pour voir si tous étaient au rendez-vous

Que les morts tous les ans donnent : « Souvenez-vous. »

AU LION DE BELFORT

Ils sont morts !
Victor Hugo.
Les Orientales.

Au pied des monts Ossa, près du bourg d'Anthéla,
Le passant attristé murmurait : « Ils sont là ! »
Un ruisseau devant lui fumait : les Thermophyles !

Dans leurs tombeaux de pierre ils sommeillaient tranquilles.
Un lion de granit au milieu d'eux couché
Vers la terre inclinait son front large et penché,

Et semblait à l'écho lointain prêter l'oreille,
Comme sur une porte un chien grave surveille.
Les pères orgueilleux le montraient aux enfants,
Qui, tout fiers regardaient ces tombeaux triomphants.
Des vaincus dormaient là ; mais pourtant la Patrie
N'avait point par leur mort vu sa gloire amoindrie,
Et mêlait leur histoire aux gloires d'autrefois :
« Ils sont morts, disait-on, pour obéir aux lois. »

Toi qui veilles là-bas debout sur la frontière,
Sur ton haut piédestal lève la tête altière,
Ah ! lève là bien haut, , ô lion du vaincu !
A la défaite aussi ta gloire a survécu ;
Tu jettes ta lumière au milieu de notre ombre
Et viens nous éclairer cette page trop sombre ;

Tu fais lever encor nos fronts découragés
Et songer à nos morts qui ne sont pas vengés !
O souvenir cruel et doux pour la Patrie ;
Tu déchires souvent sa poitrine meurtrie,
Mais elle, en te voyant s'incline devant toi,
Et comme à Sparte dit : « Beaucoup sont morts pour moi ! »

TRISTIA

VENI, CREATOR SPIRITUS !

> Si j'atteignais cette science
> suprême où nous pourrions
> trouver le repos, j'apporterais
> aux hommes la lumière.
> MAX-MULLER.
> *Essai sur les religions.*

Jardin des Oliviers ! les pleurs de l'Homme-Dieu

T'ont fécondé ! ta voûte effrayante et profonde

Lourdement a couvert le monde,

Et le calice qu'au milieu

Des cieux noirs repoussait sa main désespérée

Revient toujours s'offrir à la lèvre altérée ;

    Nous cherchons encor l'inconnu

    Et pourtant le Christ est venu !

O Christ ! que disais-tu dans ta nuit douloureuse ?

Homme ! as tu vu nos maux ! Dieu ! les as-tu compris ?

    Tes yeux en pleurs ont-ils surpris

    Cet abime que l'esprit creuse ?

Pourquoi ne croit-on plus ? quel nuage est venu

Cacher dans ses plis noirs ton corps sanglant et nu ?

    Qui donc est passé sur ta route ?

    Qui donc nous a donné le doute ?

Quand les Chrétiens martyrs dans les cirques romains

Rougissaient de leur sang le sable de l'arène,

    Leur figure calme et sereine

    Regardait les cieux, et leurs mains

Pressaient leur crucifix sanglant sur leur poitrine !
Ils semblaient écouter ta parole divine,
    Ils voyaient ton ciel s'entr'ouvrir :
    Pour eux, ce n'était pas mourir.

Et quand ta croix guidait vers les saintes croisades
Un peuple de guerriers, quand les chevaliers francs
    Affamés, blessés et mourants,
    Combattaient les hordes nomades
Des sultans, quand le roi Louis, chargé de fers,
Oubliait pour prier, ô Christ, les maux soufferts,
    Ta croix resplendissait mystique
    Comme le labarum antique.

Au pied de tes autels les chevaliers lassés,
Quand leur bras languissait déposaient leur épée
    Comme à la fin d'une épopée :
    Ils venaient aux pavés glacés

Des temples rafraîchir leur front brûlant et rude ;
Ils te voyaient, ô Christ, en leur béatitude ;
    Et comme un enfant qui s'endort,
    Calmes, ils allaient vers la mort.

Christ, quel souffle est venu renverser l'édifice ?
Pourquoi seul pleures-tu dans les temples déserts ?
    En vain la cloche dans les airs
    Appelle à ton saint sacrifice ?
Sur l'autel cependant tu reposes toujours,
A celui qui te prie on promet ton secours,
    Au malheureux dans la souffrance
    Tes prêtres prêchent l'espérance.

J'aurais pourtant, ô Christ, voulu prier aussi,
Et j'aurais dans la mort senti ma délivrance !
    Qui donc a brisé ma croyance ?
    Pourquoi tout s'est-il obscurci ?

Pourquoi ce siècle enfin, ce siècle de lumière,

N'a-t-il pas encor pu soulever ma paupière ?

    Quel doigt vient peser sur mes yeux ?

    Quel voile me cache les cieux ?

Christ ! ne viendras-tu pas mouiller de ta salive

Ces yeux qu'on a fermés et qui cherchent à voir ?

    A cette âme qui veut savoir

    Montreras-tu ta flamme vive ?

Ah ! comme à Jéricho, nous sommes à genoux,

Et te crions : « Seigneur, Seigneur, regarde-nous ! »

    Hélas ta main est attachée,

    Christ ! et ta lumière cachée.

Si nous ne croyons plus, Dieu, ne viendras-tu pas

Un jour faire toucher aussi tes cinq blessures

    Du doigt de tes chrétiens parjures

    Qui n'ont pas vu comme Thomas !

                8'

Deux millé ans vont passer ! reviens, nouveau Messie,
Rapprendre encor ton nom que l'enfant balbutie,
     Au siècle oublieux de ta loi
     Et qui voudrait avoir la foi.

Reviens, ô Christ, reviens ! dans son cercueil, Lazare
Attend impatient sa résurrection !
     Ah ! refais ta prédiction
     A l'homme que le doute égare ;
Réveille-nous, ô Dieu, de notre lourd sommeil ;
Que de ton corps divin le sang coulant vermeil
     A ce monde que ton père aime
     Vienne faire un nouveau baptême !

TO BE, OR NOT TO BE

> Mourir, dormir, rêver peut-être !
> SHAKESPEARE
> *Hamlet.*

Être ou *n'être pas*. Tout est là. Quand l'air rayonne
Sublime autour de nous, quand dans l'azur profond
De l'immuable bleu le soleil s'environne,
Être, n'est-ce pas voir sans aller jusqu'au fond ?

N'est-ce pas rechercher ce dont l'âme s'étonne,
Fouiller ce ciel immense où notre esprit confond
Avec l'espace un Dieu que le vide emprisonne
Et qui voit de là-haut ce que les hommes font ?

N'est-ce pas rechercher ce qu'est le : *ne pas être ?*
Mystère toujours neuf, problème irrésolu !
Hiéroglyphe obscur que l'œil n'a jamais lu !

Si pour le dire encor l'homme pouvait renaître ! !
Mais non ! l'abîme est là ! *n'être pas,* c'est le voir ...
Être, c'est ignorer ce que l'on doit savoir.

LASSITUDE

> Toute jouissance laissée à
> l'humanité, je veux la ressentir
> dans le plus intime de mon
> être.
>
> GOËTHE
> *Le Faust*

Pourquoi chercher la lumière

Puisqu'on la cache à tes yeux ?

Ferme ta lourde paupière,

Homme, et dors. Dormir est mieux.

Reste, reste, âme insensée,

Où tu jouis ici-bas

Sans chercher, triste et lassée,

A voir ce qu'on ne voit pas.

PROMÉTHÉE

Traduit de *Goëthe*

Cache ton ciel dans tes nuages,

O Zeus ! viens sur nos monts, pareil à cet enfant

Qui foule une humble fleur sous son pied triomphant,

Envieux, user tes orages !

Mais, vois ! ma terre est bien à moi,

Malgré ton bras divin tu ne peux rien contre elle,

Et mon feu qui reluit sous la voûte éternelle

Railleur, vient fumer jusqu'à toi.

Ah ! plus grandes sont tes misères

Que les nôtres, ô Zeus ! en ton éternité

Va dans les lieux sacrés nourrir ta Majesté

De sacrifices, de prières ;

Tu n'assouvirais pas ta faim,

Si l'homme épouvanté n'avait pas l'espérance,

Qui lui fait voir un terme à sa longue souffrance,

S'il ne songeait pas à demain.

Enfant, en entrant dans la vie,

Lorsqu'encore égaré, je ne connaissais pas

La route où je devais porter mes premiers pas,

Vers ce ciel pur avec envie,

En tremblant j'élevais les yeux,
Croyant qu'on m'entendrait dans cette immense enceinte,
Espérant que quelqu'un y recevrait ma plainte,
    Comme celle d'un malheureux.

    Qui m'a sauvé de l'esclavage ?
Qui donc m'a délivré des fureurs du Titan ?
O feu sacré qui brûle en mon cœur haletant,
    O feu que rien ne décourage,
    Dis-moi, tout n'est donc pas fini,
Et l'encens embaumé de mes longs chants de grâce
N'a donc pas retrouvé dans l'immuable espace
    Celui qui dort dans l'infini ?

    Moi t'aimer ! tu vis mes douleurs
Et tu les regardas avec indifférence ?
Moi prier ! et pourquoi ? lorsque vint la souffrance,
    Es-tu venu sécher mes pleurs ?

Mais qui donc m'a donné la vie,

O Zeus ? qui m'a créé dans un passé lointain ?

Dis, n'est-ce pas le temps, ton maître, et le destin,

Le destin que ta force envie ?

Ah ! n'as-tu pas ouvert les yeux,

Croyais-tu donc me voir fuir dans la solitude,

Cachant mon jeune rêve et mon inquiétude ?

Non ! non ! sur mon sol, précieux

Je fais une vaillante race,

Race prête à souffrir ! et prête à t'affronter,

A s'enivrer de joie, à rire, à te jeter

Enfin son mépris à la face.

NOËL !

(RÉVOLTE)

Les voix d'en haut :

Tout brille en la vieille chapelle,
C'est Noël ! allons, petiots,
Le petit Jésus vous appelle
Dans l'âtre mettez vos sabots.

Les voix d'en bas :

Nous n'avons point de cheminée,
Et puis, nous marchons sans sabots,
La fête est bientôt terminée
Pour nous autres, les petiots.

Les voix d'en haut :

Noël ! Embrassez bien vos mères,
L'enfant Jésus sera content :
Vous êtes tous ses petits frères
Et dans le ciel il vous attend.

Les voix d'en bas :

Nous ne connaissons pas nos mères,
Nous ne connaissons pas Jésus ;
Las ! puisque nous sommes ses frères,
Pourquoi vers nous ne vient-il plus ?

Les voix d'en haut :

Priez bien Jésus dans sa crèche,
Il a souffert autant que vous ;
Pendant que le bon curé prêche,
Enfants, mettez-vous à genoux.

Les voix d'en bas :

L'enfant Jésus avait sa mère
Qui le réchauffait dans ses bras ;
Se mettre à genoux sur la terre,
Il fait froid, nous ne voulons pas.

PLAINTE

« Mon Dieu qui m'as ravi mon père,

« Sans lui que vais-je devenir ?

« Pour me laisser seul sur la terre,

« Mon Dieu, voulais-tu me punir ?

« Pourtant le matin à l'aurore,

« Ma prière montait vers toi,

« Et je disais : Toi que j'adore,

« O Dieu sauveur en qui j'ai foi,

« Tout seul la vie est bien amère,

« Mon père ici-bas m'est laissé,

« Ne le prends pas comme ma mère,

« Car j'ai bien pleuré, l'an passé.

« Aujourd'hui mon père est près d'elle,

« Ils m'ont laissé sans eux ici,

« J'ai froid, j'ai faim et je chancelle,

« Ne me prendras-tu pas aussi ? »

LES PETITS PIFFERARI

Viva la Francia
Viva l'Italia

Un jour leur mère en pleurant fort,

Leur dit : « Il faut gagner sa vie ;

« Mes enfants, votre père est mort ;

« Que feriez-vous en Italie ? »

Et tous les deux étaient partis
Vers la France, l'âme ravie,
Croyant, hélas ! pauvres petits,
Revoir bientôt leur Italie.

En tendant leurs petites mains,
Avec une voix affaiblie,
Ils chantaient le long des chemins
Les vieux refrains de l'Italie.

Si parfois venait la douleur,
Elle était vite ensevelie ;
Ils disaient : « Monsieur donnez-leur
« Aux petits venus d'l'Italie. »

Tous deux avaient bon appétit,
Mais souvent le passant oublie :

« J'ai bien faim, disait le petit,
« J'ai bien plus faim qu'en Italie.

« Frère, tous passent sans nous voir,
« En vain notre voix les supplie,
« Souperons-nous encor ce soir
« Comme autrefois en Italie. —

« Va, nous saurons trouver du pain,
« Disait le frère, chante et prie,
« En France, le riche est humain,
« Répète nos chants d'Italie. »

Alors, chantant la liberté,
L'œil brillant, la voix attendrie,
Ils oubliaient leur pauvreté,
Et leur exil et l'Italie.

Mais la neige couvrait les champs,
Chanter alors c'était folie :
« Il fait froid, disaient les enfants,
« Il fait plus froid qu'en Italie. »

Un soir, couchés près d'un talus,
Les Enfants, leur route accomplie,
Bien tristes, ne chantèrent plus
Et pensèrent à l'Italie.

« Frère, dit le petit tout bas,
« La journée est-elle finie,
« Il fait bien sombre, on ne voit pas
« Le même ciel qu'en Italie. »

L'aîné, tout grands ouvrant les yeux,
Souleva sa tête pâlie,

Et dit en regardant les cieux :
« Nous ne verrons plus l'Italie. »

Sur la terre le lendemain
Quand fondit la neige amollie
On trouva morts sur le chemin
Les petits venus d'Italie.

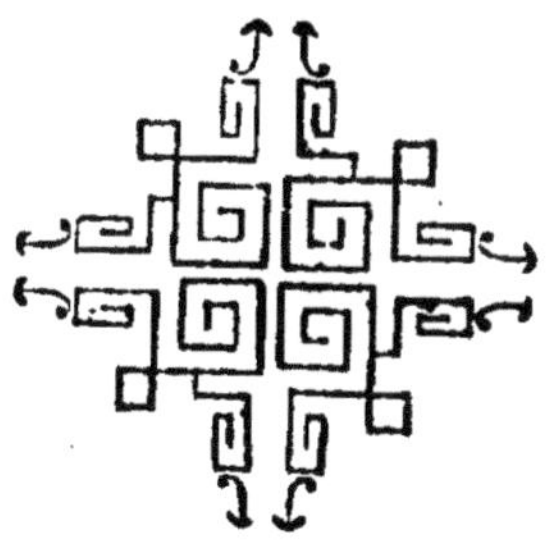

AMOR

SOUVENIR

Oui, c'est le souvenir qui veille,
Pendant l'absence auprès de nous,
Et qui lorsque le cœur sommeille,
Rappelle encor des jours plus doux ;

C'est lui qui toujours nous déchire,
C'est lui que toujours nous aimons,
C'est lui qui parfois fait sourire,
Et c'est sur lui que nous pleurons.

(Août 1877.)

RÊVE D'ANTAN

Mon cœur est comme un tombeau,

Qui, sous sa pierre glacée,

Garde une forme effacée,

Souvenir d'un jour plus beau.

C'est elle qui dans un rêve,
Au collège, au grand dortoir,
M'était apparue un soir,
Comme dût apparaître Ève.

Elle qu'espérait un jour
Revoir mon âme charmée,
Et qui fût ma bien-aimée
Lorsque j'ignorais l'amour.

O vague et douce inconnue !
Pourquoi donc te caches-tu ?
O mon rêve disparu,
O vision chaste et nue !

Mon cœur est comme un tombeau,
Qui, sous sa pierre glacée,
Garde une forme effacée,
Souvenir d'un jour plus beau.

A M***

Fais entendre ta fraîche voix
Qu'elle résonne à mon oreille,
Lorsqu'à mes côtés je te vois,
Fais entendre ta fraîche voix;

Que le sourire à ton minois,
Prête sa grâce non pareille ;
Fais entendre ta fraîche voix,
Qu'elle résonne à mon oreille.

Lorsque mon cœur se trouve vieux
Elle y ramène la jeunesse,
Elle rend les jours heureux
Lorsque mon cœur se trouve vieux.
Elle sait chasser ma tristesse
Avec un regard de tes yeux ;
Lorsque mon cœur se trouve vieux
Elle y ramène la jeunesse.

Chante, enfant, va chante toujours;
Chanter vous fait passer la vie ;
Nos jours ici-bas sont si courts,
Chante, enfant, va chante toujours

Ta voix appelle les amours ;
Chante, on t'écoute avec envie :
Chante, enfant, va, chante toujours,
Chanter vous fait passer la vie.

SUR UN RUBAN NOIR

> Autrefois tes paroles, tes regards
> me mettaient un ciel dans l'âme.
> GŒTHE.
> *Le Faust.*

I

Il pleuvait ce jour-là ; t'en souviens-tu, Marie ?
Sous un pommier fleuri bien cachés tous les deux,
Nous regardions au loin les vagues en furie ;
Ta main tenait la mienne, et nous étions heureux,

Le temps avait passé vite : en as-tu mémoire ?
Et tu levas vers moi tes grands yeux tout surpris,

Un rayon de soleil perça la voûte noire
Des cieux, et vint dorer au loin l'horizon gris ;
Aux branches des pommiers les gouttes d'eau brillèrent ;
L'arc-en-ciel arrondit son prisme radieux ;
Sur le clocher voisin les tuiles scintillèrent ;
L'alouette reprit son chant mélodieux......
Nous restâmes pourtant blottis sous ton grand châle ;
Tu frissonnais un peu ; tes yeux étaient fermés ;
Sur mon sein frémissant tu posas ton front pâle,
Et me dis : Reste encor !

Les flots s'étaient calmés ;
Le vent ne soufflait plus ; à peine un doux murmure
Passait en agitant les arbres tout en pleurs ;

Une suave odeur sortait de la verdure ;

Les lapins bondissaient dans la luzerne en fleurs,

Tout avec le soleil se remettait en fête ;

Les oiseaux reprenaient leurs joyeux entretiens

Et gazouillaient dans l'air. — Tu relevas la tête,

Tes grands yeux souriants regardèrent les miens,

Ma lèvre se posa sur ta bouche mutine,

Tu laissas au hasard flotter tes longs cheveux,

Ton cœur plus vivement battit sur ma poitrine,

Je sentis se crisper tes petits poings nerveux,

Et murmurant des mots que j'entendais à peine

Dans mes bras tout à coup tu cachas ta rougeur,

Le soir venait ; le vent comme une douce haleine

Passait sur la falaise ; une chaude vapeur

Montait des champs en fleurs : « Viens ! » dit ta voix timide,

Et, honteuse, tout bas tu repris : « Il est tard. »

Nous allâmes rêveurs à travers l'herbe humide,

Jetant derrière nous quelquefois un regard.

Je pris un long chemin ; toi, tu marchais pensive,
Et quand dans le village il fallût nous quitter
Une dernière fois, sur cette chère rive,
Pour la revoir encor tu voulus t'arrêter,
Et je sentis ta main me glisser dans la mienne
Le large ruban noir qui tenait tes cheveux
Hélas ! j'attends encor qu'un jour si doux revienne :
C'est en vain que mon cœur l'appelle de ses vœux ;
Aujourd'hui notre amour est mort, et je le pleure
Comme un enfant qu'on veut revoir en son cercueil,
J'ouvre pour lui mon cœur, sa dernière demeure
Ton ruban était noir, c'est la couleur du deuil.

II

Ainsi dorment dans le passé
Nos tristes et belles journées,

Et notre cœur trop tôt lassé
Va cherchant d'autres destinées.

A peine un jour va-t-il finir,
Que nous versons sur lui des larmes,
Et nous marchons vers l'avenir
Qui toujours nous paraît sans charmes ;

Puis songeant aux jours disparus,
Le passé pèse sur notre âme
Et les regrets en sont accrus,
— Dites, n'est-il pas vrai, Madame ? —

Oh ! qu'il semble lourd ce passé :
C'est une tombe où sur la pierre
Un nom n'est jamais effacé
Et que jamais ne cache un lierre ;

C'est un abîme plein de fleurs
Que le temps sèche sur leur tige,
Qu'on regarde les yeux en pleurs
Et qui vous donne le vertige ;

C'est un deuil sans fin, éternel,
Que l'on recouvre en vain d'un voile ;
C'est un long regret, c'est un ciel
Où ne luit jamais une étoile ;

Et quand un jour tout va finir,
Quand on croit guérir la blessure,
On sent soudain le souvenir
Vous faire au cœur une morsure.

Un ruban, une lettre, un rien,
Un petit enfant qui bégaie,

Parfois un souvenir ancien
Font encore saigner la plaie.

Ainsi seul je songeais un soir,
Pleurant tout bas, pauvre Ninie,
En contemplant ton ruban noir
Dont la couleur était ternie.

(Décembre 1878.)

A UNE MORTE

Semper eris mecum.
OVIDE.
Métamorphoses, Liv. X.

Triste, j'étais venu te voir ;

La neige, dans le cimetière,

Couvrait les anges en prière

Sur la tombe où je vins m'asseoir,

Comme d'un voile funéraire.

Les fleurs dans les vases brisés
Inclinaient leurs tiges fanées,
Qui frissonnaient abandonnées
Sous le souffle des vents glacés.
Tristes restes d'autres années !

Déjà le temps avait noirci
De ses larges sillons la pierre
De ta tombe blanche, où le lierre
Depuis trois ans bien épaissi
Grimpe au hasard sur la barrière.

La neige triste en flocons lents
Recouvrait la terre brumeuse,
Et je songeais à toi, frileuse,
Quand te glissant dans les draps blancs,
Tu m'appelais, rouge et joyeuse.

Comme autrefois j'étais tout seul
Auprès de toi, ma bien-aimée.
Et j'entendais ta voix calmée
A travers ton double linceul
Et la terre sur toi fermée.

Oui. tout bas j'entendais ta voix
Qui me disait : « Écoute ! Écoute !
« J'ai froid sous cette sombre voûte !
« Près de moi viens comme autrefois ;
« J'ai peur ; ah ! mets-toi vite en route. »

. . . .

Longtemps je restais l'écoutant.
L'ombre lente était descendue,
Et je contemplais, tête nue,
Cette tombe où seule elle attend
Que mon heure enfin soit venue.

LUXURE

A Edgard Gros.

> J'aime le souvenir de ces époques nues,
> Dont Phœbus se plaisait à parer les statues.
>   BAUDELAIRE.
>   *Fleurs du mal.*

O femme aux cheveux blonds ! ô douce créature,

Eclose froidement sous le ciel gris du Nord,

Que l'artiste flamand dans sa sombre peinture,

Jette en un cadre noir auprès d'un arbre mort !

Froide vierge du Nord qui va, comme Ophélie,
Avec de tristes chants pleurer sur tes amours,
O douce vision à la tête pâlie
A qui l'on a juré de t'adorer toujours !

Toi qui t'assceois rêveuse à l'ombre d'un vieux saule
Pour entendre le vent pleurer dans les roseaux,
Et qui, triste, penchant la tête sur l'épaule,
Écoute en frissonnant un vague esprit des eaux !

Etre aérien ! Ah ! tu n'es pas de ce monde ;
Tes veines n'ont jamais senti bouillir ton sang ;
Dans tes rêves empreints de chasteté profonde,
Tes bras n'ont pu serrer un être frémissant.

D'un amant enfièvré jamais la chaude haleine
N'a passé sur ton front toujours serein et pur !

Tu t'envoles trop haut de notre sphère humaine,
Et tes chastes amours sont dans un ciel d'azur.

Oh ! je te hais, enfant ! je hais ton blanc visage,
Je hais ton front uni, je hais tes blonds cheveux,
Oui, je hais tout en toi, jeune fille trop sage,
Qui, calme, me regardes avec tes grands beaux yeux.

Ah ! chantez cette enfant, poëtes poitrinaires,
Qui clamez qu'ici-bas votre âme est à l'étroit,
Et dont l'esprit rempli d'êtres imaginaires,
Aux terrestres splendeurs toujours est resté froid.

Rêvez, pleurez, couvrez vos amours de longs voiles,
De peur que mon regard ne découvre leurs seins,
Et puis, allez chanter vos douleurs aux étoiles,
Lévites incompris, chastes Eliacins.

Homme, je ne veux pas ces amours éternelles,
Les chaudes voluptés ont embrasé mon cœur ;
Plutôt qu'être ange pur, je couperais mes ailes
Pour rester sur la terre où l'amour est vainqueur.

Je voudrais m'envoler loin, sous ce ciel de flamme,
Où les nuages n'ont jamais versé de pleurs,
Où sur un sable d'or l'amour libre se pâme,
Où croissent au hasard les plus étranges fleurs.

Au lieu de notre mer toujours blanche d'écume,
Je voudrais contempler ces flots calmes et bleus,
Dans lesquels le soleil chaque matin s'allume
Et qui la nuit encor semblent garder ses feux.

Je suis las d'écouter la chanson monotone
De la brise qui passe en nos arbres connus,

Dont les feuilles s'en vont lorsqu'arrive l'automne
Et qui dressent alors leurs bras maigres et nus.

Je veux aller à vous, ô régions brûlantes,
O vertes oasis, gais pays du soleil,
Où pour vous recevoir les femmes indolentes
Allongent sur des lits profonds leur corps vermeil ;

Où l'enfant à dix ans insouciante étale
Pour vous plaire au grand jour sa belle nudité,
Et laisse votre main amoureuse et brutale
Caresser son sein dur qui bat de volupté :

Où dans le temple immense aux toitures légères,
Les brahmines lascifs sur l'autel étendus
Regardent, l'œil brillant, danser les bayadères,
Qui, sous des plafonds d'or, tordent leurs membres nus.

O pays enchantés ! ô riante nature,
Où, d'un œil indulgent mille divinités
Laissent sur leurs autels dorés la créature
Goûter au grand soleil les âpres voluptés ;

Où, d'un regard ardent la femme vous enivre
Et paraît sans rougir comme Ève à son réveil,
Où tout rayonne enfin, où, sur les peaux de cuivre
On croit voir scintiller un reflet de soleil.

Là, je voudrais aller ! là, sous ces cieux mon âme
Du Nord abandonnant les trop froides amours,
Quand s'éteint le soleil à l'horizon de flamme
Sur son dernier rayon s'envole tous les jours.

Curistiania, (Mai 1879).

TABLE

TABLE

—

PATRIA

TRISTIA

AMOR

A Sens — Imp. Ed. Ronvallet

DU MÊME AUTEUR

POUR PARAITRE PROCHAINEMENT

POËMES D'EN BAS

Un Volume in-8°.

VOYAGE

AUX

PAYS SCANDINAVES

Un Volume in-8°